말썽꾼 해리가 달에 간다고?

감사의 말

이 이야기를 쓰는 데 귀중한 도움을 준 편집자 캐시 헤네시,
처음으로 나를 달에 데려다 준 1998~1999년 3학년이던 우리 반 아이들과
그때 함께 달에 갔던 보조 교사 콜린 콤스 선생님,
보름달이 뜬 11월 밤에 새로운 세상을 열어 준
'벼룩시장' 망원경의 주인, 언어 치료사 줄리 파가노 씨,
친절하게 도움을 준 항공 우주국 대변인 데이비드 모스 씨에게
특별한 감사의 말을 전합니다.

네바다 주 라스베이거스 윌리엄 K. 무어 초등학교 2학년 제프리 오펜하임 선생님 반의
아이들에게도 특별히 감사의 말을 전합니다. 여러분은 정말 훌륭한 독자이자 과학자예요!
이 책을 쓰는 데 귀중한 도움을 준 여러분, 카를로스 바예스테로스, 코니 베탕쿠르,
카일 베렌즈, 제니퍼 이스트먼, 베니 갈반, 마르코 가르시아, 코트니 인지, 앤디 로페즈,
스테이시 로페즈, 애나 루한, 캔디스 매킨토시, 마리아 무노즈베세라, 에르네스토 피날,
헥터 산도발, 조너선 슬로터, 고마워요. 모두들 야호!

동화는 내 친구 73

말썽꾼 해리가 달에 간다고?

초판 3쇄 2018년 1월 10일 | 초판 1쇄 2014년 2월 18일
지은이 수지 클라인 | 그린이 프랭크 렘키에비치 | 옮긴이 햇살과나무꾼
펴낸이 박강희 | 펴낸곳 도서출판 논장 | 등록 제10-172호 · 1987년 12월 18일
주소 10881 경기도 파주시 회동길 329 전화 031-955-9164 전송 031-955-9167
제조국명 대한민국 | 사용연령 8세 이상 | 주의사항 종이에 베이거나 긁히지 않도록 조심하세요.
ISBN 978-89-8414-172-8 73840 · 978-89-8414-171-1(전5권)

· 책값은 뒤표지에 있습니다. · 잘못 만들어진 책은 구입하신 서점에서 바꾸어 드립니다.

동화는 내 친구 73

말썽꾼 해리가 달에 간다고?

수지 클라인 글 | 프랭크 렘키에비치 그림 | 햇살과나무꾼 옮김

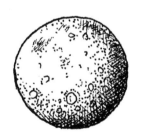

논장

1999년 7월 2일 뉴햄프셔 주 맨체스터에서 태어난
나의 첫 손자 제이콥 매슈 디안젤리스에게 바칩니다.
제이콥, 사랑한다.
수 할머니가.

해리한테 기막힌 생각이 있어

해리는 벽장으로 가서 옛날 신문과 잡지가 들어 있는
커다란 상자를 꺼냈다. 그러고는 상자를 한참 뒤지다가
신문 두 장을 끄집어냈다. 광고가 실린 면과 만화가 실린
면이었다.

메리가 빈정거렸다.

"그런 데서 뭘 찾는다고."

"벌써 찾았는데?"

해리는 그렇게 말하며 신문에서 뭔가를 싹둑싹둑 오려 냈다.
그러자 메리가 안경을 확 벗어 들고 말했다.

"해리 너 따위는 달나라에나 가 버렸으면 좋겠어!"

"뭐라고?"

"너 따위는…… 달나라에나 가 버렸으면 좋겠다고!"

해리가 중얼거렸다.

"흐으음, 생각해 볼게."

차 례

누가 달에 앉을래?

나는 3학년 때의 10월을 결코 잊지 못할 것이다. 그
때 해리가 나를 달에 데려다 주었기 때문이다.

말도 안 되는 소리 같지만, 정말이다.

해리는 나를 달에 데려다 주었다.

어떻게 된 거냐 하면…….

그날은 월요일이었다. 우리가 아침에 깔개 위에 둘
러앉아 이야기를 나누고 있을 때, 선생님이 말했다.

"깜짝 선물이 있단다, 얘들아."

우리는 모두 선생님을 바라보았다.

선생님은 어마어마하게 커다란 갈색 꾸러미를 들고 있었다. 꾸러미는 내 책상보다 더 컸다.

시드니가 불쑥 물었다.

"그게 뭐예요?"

"아주 멋지고 색다른 물건이란다. 할인점에서 싸게 팔더구나."

천천히, 천천히, 선생님이 갈색 포장지를 벗겼다. 그러자 3단으로 접힌 보랏빛 소파가 나왔다. 소파에 샛노란 달 무늬가 그려져 있어서 우리는 "우아아아!" 소리를 질렀다.

선생님은 소파를 바닥에 펼쳐 놓았다. 그리고 그 위에 앉았다. 소파를 그렇게 펼쳐 놓으니 머리 놓는 곳에 베개가 달린 매트리스 같았다.

해리가 선생님 옆에 앉으며 말했다.

"끝내준다! 내가 달에 앉아 있어!"

그러자 메리도 반대편에 털썩 앉으며 말했다.

"달이 아니라 노란 달이 그려진 보랏빛 소파겠지."

시드니가 끼어들었다.

"야, 나도 앉을 거야."

그러면서 메리 위에 털퍼덕 주저앉았다.

메리가 신음을 했다.

"아야! 저리 가, 시드니! 내가 먼저 앉았잖아."

선생님이 말했다.

"자, 자, 애들아, 어떻게 앉으면 공평할까?"

해리가 이를 반짝이며 씨익 웃었다.

"지금 이대로도 공평한 것 같은데요."

그러자 송이만 빼고 모두 얼굴을 찌푸렸다. 송이는 키득키득 웃었다. 메리가 시드니를 홱 떠밀었다.

내가 말했다.

"저한테 생각이 있어요."

선생님이 말했다.

"말해 보렴, 더그."

"우리 모두 돌아가면서 학급 임원을 맡잖아요. 소파에 앉는 것도 학급 임원처럼 돌아가며 하면 돼요."

덱스터가 "와, 그거 좋다." 하고 말했다.

선생님이 웃음을 터뜨렸다.

"학급 임원처럼? 그럼 딱 하루씩만 해야겠구나."

메리가 덧붙였다.

"거기다 가나다순으로 하면 정말 공평할 거예요."

선생님이 고개를 끄덕였다.

내가 말했다.

"제가 계산해 봤어요. 우리 반은 모두 스물한 명이

니까, 날마다 두 사람씩 소파에 앉으면 2주에 한 번씩 돌아가며 앉을 수 있어요."

"잘했다, 더그! 그런데 계산이 딱 나누어떨어지던?"

우리는 곰곰이 생각해 보았다.

메리가 맨 먼저 대답했다.

"한 사람이 남아요."

그러고는 잠시 말을 멈추었다 덧붙였다.

"그런데 가나다순이면…… 우리 반에서 누가 맨 마지막이지? 맨 마지막 사람은 다다음 주에나 소파에 앉을 수 있겠어요."

우리가 주위를 두리번거리는 동안, 메리는 계속 중얼중얼 말하며 생각했다.

"원래는 화이트가 맨 마지막이지만, 화이트는 지난달에 전학 갔어요. 그러니까…… 그렇게 되면…… 해리가 마지막이에요."

모두들 해리를 빤히 바라보았다.

시드니가 소리쳤다.

"해리가 마지막이다!"

해리가 맞받아쳤다.

"아니, 난 아냐. 흐물흐물 오징어, 네가 마지막이야!"

시드니가 퉁명스레 대꾸했다.

"야, 별명으로 하면 안 되지."

메리는 해리와 시드니의 말을 못 들은 척하고 아이다를 보며 노래하듯 흥얼흥얼 말했다.

"우리는 중간쯤이네."

해리가 팔짱을 꼈다.

"못 비켜. 내가 먼저 앉았다고. 가나다순은 내일부터 하면 되잖아."

그러자 아이다가 해리 앞에 서서 "좀 비켜 줄래애애." 하고 말했다.

해리는 꿈쩍도 하지 않았다.

선생님이 말했다.

"해리야, 네 차례도 나중에 올 거야."

해리가 투덜거렸다.

16

“네에, 푸른 달이 뜰 때나 오겠죠.”

“어머, 재미있구나. ‘푸른 달’이 뭔지 아니?”

“그럼요. 그걸 모르는 사람도 있어요?”

메리는 몸을 앞으로 쭉 내밀었다. 메리는 그 말이 무슨 뜻인지 궁금했지만, 해리한테 물어볼 생각은 눈곱만큼도 없었다. 해리는 입술을 슥 핥았다. 해리는 비밀을 무지무지 좋아한다.

“난 달에 대해서 많이 알아요. 날마다 학교 끝나고 텔레비전 과학 프로그램을 보거든요.”

선생님이 말했다.

“흐음, 그렇구나. 여러분, 혹시 달에 대해서 알아 보고 싶은 사람?”

모두들 손을 들고 이리저리 흔들었다.

메리가 소파에서 일어나며 말했다.

“어떻게 찾으면 되는지 알아요. 초록색 과학 교과 서를 보면 돼요.”

그러고는 자기 자리로 뚜벅뚜벅 걸어갔다.

그때 해리가 벌떡 일어나 손가락으로 자기 머리를

척 가리켰다.

"그 케케묵은 책보다는 내 머릿속에 더 많은 사실이 들어 있을걸."

메리가 비웃었다.

"네가 뭘 안다고!"

"알아!"

"모르면서!"

선생님은 빙그레 웃었다. 선생님은 해리와 메리가 더 이상 소파 때문에 티격태격하지 않아서 기쁜 것 같았다. 해리와 메리는 이제 달 때문에 싸웠다.

10분 뒤, 아이다와 덱스터가 도서실에서 달이 나오는 책 여덟 권을 빌려 왔다. 송이와 나는 컴퓨터 책상

으로 가서 인터넷을 찾아보았다.

해리는 벽장으로 가서 옛날 신문과 잡지가 들어 있는 커다란 상자를 꺼냈다. 그러고는 상자를 한참 뒤지다가 신문 두 장을 끄집어냈다. 광고가 실린 면과 만화가 실린 면이었다.

해리가 말했다.

"좋았어!"

메리가 빈정거렸다.

"그런 데서 뭘 찾는다고."

"벌써 찾았는데?"

해리는 그렇게 말하며 신문에서 뭔가를 싹둑싹둑 오려 냈다.

그러자 메리가 안경을 홱 벗어 들고 말했다.

"해리 너 따위는 달나라에나 가 버렸으면 좋겠어!"

"뭐라고?"

"너 따위는…… 달나라에나 가 버렸으면 좋겠다고!"

해리가 중얼거렸다.

"흐으음, 생각해 볼게."

그러면서 고개를 끄덕거리자, 메리는 어이가 없다는 듯 눈알을 되록되록 굴렸다.

펄쩍 뛰어 봐!

우리는 그 주 내내 달에 대해 알아보았다.

시드니만 빼고.

시드니는 자꾸 교실을 돌아다니며 바보 같은 농담만 지껄였다.

"문은 문인데 떠돌아다니는 문이 뭐게?"

그 말에 몇몇 아이들이 고개를 들자, 시드니가 낄낄거리며 말했다.

"소문이야, 소문! 알겠어?"

메리는 웃지 않았다.

"시드니, 우린 달 공부를 하느라 바쁘다고. 그런 농담은 우주랑 아무 상관도 없잖아. 방해 말고 저리 가!"

시드니는 얼굴을 찌푸리며 옛날 신문과 잡지가 들어 있는 상자 쪽으로 어슬렁어슬렁 걸어갔다. 그러고는 잡지 한 권을 꺼내 휘리릭 넘겼다.

"어라, 여기도 농담이 있네. 멋진걸."

다행히 시드니는 더 이상 우리를 괴롭히지 않았다.

수학 시간이 되자, 우리는 몇 사람씩 앞으로 나가 칠판 앞에 나란히 섰다. 그러고는 손이 어디까지 닿는지 분필로 표시했다.

선생님이 말했다.

"발뒤꿈치는 들지 말고. 똑바로 서서 어디까지 닿는지 분필로 표시하렴."

우리는 선생님이 시키는 대로 했다.

"이번에는 펄쩍 뛰어서 표시하는 거야. 준비됐니? 하나, 둘, 뛰어!"

선생님이 소리치자, 해리와 송이와 나는 공중으로

힘껏 뛰어올랐다. 그리고 가장 높이 올라갔을 때 재빨
리 칠판에 선을 그었다.

해리가 으스댔다.

"내가 가장 높이 뛰었을걸!"

선생님이 자를 들고 두 선 사이의 길이를 쟀다. 그

러고는 계산하기 쉽게 반올림을 했다.

해리가 소리쳤다.

"우아! 난 30센티미터나 뛰었어!"

메리가 말했다.

"그럼 넌 달에서는 180센티미터를 뛸 수 있어. 달

은 지구보다 중력이 여섯 배 작으니까. 초록색 과학 교과서에 그렇게 적혀 있다고."

송이가 말했다.

"난 25센티미터를 뛰었어!"

내가 말했다.

"그럼 달에서는 150센티미터, 그러니까 1미터 50 센티미터를 뛸 수 있어. 나랑 똑같네!"

다음은 메리 차례였다. 메리는 바닥에서 발을 겨우 떼는 정도만 뛰었다. 선생님이 작은 소리로 "10센티 미터." 하고 말했다.

나도 작은 소리로 "10센티미터의 여섯 배는 60센티 미터." 하고 중얼거렸다. 메리를 부끄럽게 하고 싶지 않았으니까. 메리가 우리 반에서 가장 낮게 뛰었다.

하지만 해리가 큰 소리로 외쳤다.

"그럼 달에서는 60센티미터를 뛰겠네."

메리는 한숨을 쉬며 대꾸했다.

"알려 줘서 고맙다, 해리!"

그때 시드니가 불쑥 끼어들었다.

"야, 메리, 그럴 때는 재미있는 농담을 들어야 돼.
이건 우주랑 상관있는 농담이야."

그러자 메리가 안경을 벗고 빽 소리쳤다.

"싫어, 싫어, 싫다니까!"

선생님이 움찔하며 뒤로 물러났다.

송이가 메리의 기분을 풀어 주려고 그림을 건넸다.

"너 주려고 그렸어."

송이와 메리가 함께 햇살을 받으며 줄넘기를 하는 그림이었다.

메리는 가까스로 희미하게 웃음을 지었다.

모두들 돌아가며 칠판 앞에서 한 번씩 뛰고 나자, 선생님이 교실을 둘러보았다.

시드니가 고개를 푹 숙이고 있었다. 시드니는 몹시 슬퍼 보였다.

선생님이 시드니의 책상으로 걸어가며 말했다.

"잠시 쉬자꾸나. 누구, 우주가 나오는 농담을 아는 사람?"

그러자 시드니의 머리가 빨간 낚시찌처럼 쑤욱 올라왔다.

"저요! 잡지에서 봤어요. 천국이 나오는 농담이에요. 천국은 달처럼 우주에 있잖아요."

메리가 "그만 좀 하지이이이." 하고 투덜거렸다.

선생님이 빙그레 웃으며 말했다.

"재미있겠구나, 시드니. 말해 보렴."

"네, 다 외워 뒀어요."

시드니가 으스대며 교실 앞으로 걸어 나갔다.

"음, 샘이랑 마이크라는 친구가 있었어요. 둘 다 운동을 아주 좋아했죠. 두 사람은 죽 함께 지냈어요. 나이가 들어서도 계속 어울려 다녔고요. 그러던 어느 날 샘이 아흔 살이 되어 세상을 떠난 거예요."

교실은 쥐 죽은 듯 조용해졌다.

시드니가 말을 이었다.

"일 년 뒤, 샘이 천국에서 친구 마이크를 내려다보며 말했어요.

'어이, 마이크. 날세.'

'샘, 자넨가?'

'그래, 난 천국에 와 있다네.'

'거기는 어떤가?'

'음, 좋은 점도 있고 나쁜 점도 있어.'

'좋은 점은 뭔가?'

'천국에서는 날마다 야구를 하는 거라네.'

'굉장하구먼! 그럼 나쁜 점은 뭔가?'

'내일은 자네가 투수라는 걸세.'"

시드니가 말을 마치자, 해리가 손바닥으로 무릎을
탁탁 치며 말했다.

"진짜 재미있다, 시드니!"

송이와 선생님도 쿡쿡 웃었다.

메리가 말했다.

"뭐가 재미있는지 모르겠어."

해리가 설명해 주었다.

"그게 말이지, 마이크가 내일 투수를 한다면 죽어

서 천국에 있는 샘이랑 만난다는 뜻이잖아."

메리가 "아아." 하고 말했다.

해리는 "머리를 써야지, 머리를." 하고 말하며 손가락으로 자기 머리를 가리켰다.

메리가 쏘아붙였다.

"어유, 해리! 달나라에나 가 버리라니까!"

"참, 계속 그 생각을 했는데 말이야. 계획을 조금만 더 짜면 돼. 그러니까…… 어떻게 갈까, 언제 떠나면 좋을까 같은 거 말이야."

메리는 못 믿겠다는 듯이 해리를 빤히 바라보았다. 그러더니 갑자기 깔깔 웃으며 말했다.

"오늘 들은 농담 가운데 가장 재미있네!"

여행 가방

다음 주 월요일 수업 시간에, 선생님이 책상 밑에서
뭔가를 꺼냈다.

갈색 여행 가방이었다.

시드니가 불쑥 말했다.

"선생님, 어디 가세요?"

선생님은 "달에." 하고 대답했다.

모두들 눈썹을 추켜올렸다.

해리는 책상 위로 몸을 쭉 내밀었다.

시드니가 물었다.

"가방 안에 뭐가 들어 있는데요?"

"보여 줄게."

선생님은 그렇게 말하면서 가방 안에 든 물건을 하나하나 들어 보였다.

"선탠로션, 선글라스, 벌레 쫓는 약, 수영복, 우산, 골프채, 부채."

그런 다음 부채를 팔락팔락 부치며 물었다.

"자, 어떠니? 달 여행 가방을 잘 싼 것 같아?"

메리가 코웃음을 쳤다.

"벌레 쫓는 약은 안 가져가도 돼요! 초록색 과학 교과서에 보면 달에는 생명체가 없다고 나와 있어요. 그러니까 벌이나 모기 같은 벌레가 없다고요."

메리는 앞으로 걸어 나가 벌레 쫓는 약을 손가락으로 가리켰다.

선생님이 벌레 쫓는 약을 가방에서 꺼냈다.

"좋아, 그럼 이건 두고 갈게."

이번에는 덱스터가 손을 들고 말했다.

"선글라스도 필요 없어요. 달에서는 온도가 엄청 높게 올라간대요. 120도 정도까지나요. 어휴, 그렇게 뜨거우면 일광욕이고 뭐고 할 수 없죠. 그러니까 선탠로션도 두고 가세요."

해리가 맞장구쳤다.

"맞아요, 달에서 수영복 차림으로 있으면 감자 칩처럼 바싹 말라 버릴걸요."

메리가 대꾸했다.

"꼭 그렇게 끔찍한 말을 해야 돼?"

선생님이 선탠로션과 수영복, 선글라스를 꺼내 놓으며 말했다.

"잘 찾아봤구나! 또?"

송이와 내가 손을 들었다.

"그래, 송이야?"

"앨런 셰퍼드(미국의 우주 비행사로 1971년 아폴로 14호를 타고 달에 착륙했다. -옮긴이)는 달에 가서 골프도 쳤어요.

"대단하구나! 그럼 골프채는 가져가도 되겠지?"

모두들 고개를 끄덕였다.

"하지만 우산이나 부채는 필요 없어요. 초록색 과학 교과서를 보면 달에는 비가 오지 않고, 공기가 없어서 바람도 불지 않는대요."

메리는 그렇게 말하고 나서 다시 자리에 앉았다.

선생님이 우산과 부채를 꺼내 놓자, 메리가 덧붙였다.

"사실, 달에는 물이 전혀 없어요."

그때 해리가 벌떡 일어났다.

"아니에요!"

그러자 메리도 자리에서 일어나 책상을 쾅 내리쳤다.

"맞아! 과학 교과서에 그렇게 나와 있단 말이야. 몇 쪽이냐면……."

아이들은 메리가 몇 쪽인지 찾아내기만 기다렸다.

"132쪽!"

모두 그 쪽을 펴 보았다.

심지어 시드니까지.

"맞아! 여기 그렇게 쓰여 있네. '달에서는 물이 발견되지 않았다.' 메리 말이 맞아. 해리가 틀렸어. 더 볼 것도 없군."

선생님은 아무 말이 없었다.

내가 말했다.

"송이랑 저는 항공 우주국 웹사이트를 찾아봤는데, 좀 다르게 쓰여 있었어요."

선생님이 물었다.

"어땠는데, 더그?"

"항공 우주국은 달 탐사선 '루나 프로스펙터'를 보내 달에도 물이 있다는 증거를 찾았대요."

그러자 해리가 일어서서 한 손을 번쩍 쳐들었다. 마치 자유의 여신상(미국 뉴욕에 있는 커다란 동상으로, 여인이 횃불을 든 오른손을 높이 쳐들고 있는 모습이다. -옮긴이) 같았다.

"내가 뭐랬어!"

그러더니 해리는 메리를 홱 돌아보았다.

"넌 과학 교과서에 속은 거라고!"

메리가 책상에 책을 툭 떨어뜨리며 물었다.

"달에…… 물이 있어요, 선생님?"

"과학자 대부분이 그렇게 생각한단다. 정말 흥미롭지 않니? 우리 과학 교과서가 못 따라갈 만큼 새로운 사실이 자꾸자꾸 발견되니 말이다!"

송이와 나는 프린터로 출력한 내용을 같이 읽었다.

"달에 있는 물은 액체가 아니라 얼음 결정이다. 과학자들은 달의 극지방에 얼음 결정이 묻혀 있으리라 보고 있다."

덱스터가 머리카락을 쓸어 넘기며 말했다.

"우아, 달에 얼음이 있다니. 정말 멋진걸!"

메리가 물었다.

"하지만…… 어떻게 달에 얼음이 있지?"

해리가 대답했다.

"혜성 때문이지. 혜성은 지저분한 얼음덩어리잖아.

그게 달에 충돌해서……."

시드니가 "쓔우우우웅." 하고 노래하듯 말했다. 시드니는 허공에서 주먹을 휘두르다가 갑자기 아래로 뚝 떨어뜨렸다.

"바로 그거야, 시드니!"

해리가 그렇게 대꾸하고는 "여기, 혜성 그림이 있어." 하고 덧붙이며 메리에게 신문에서 잘라 낸 만화를 보여 주었다.

메리는 그림을 보더니 의자에 털썩 주저앉았다.

"그럼…… '푸른 달'은 뭐야? 그 말은 과학 교과서에도 안 나와 있다고."

해리가 기꺼이 가르쳐 주었다.

"가끔씩 보름달이 석 달에 네 번 뜨는 때가 있어. 그때 세 번째 뜨는 보름달을 '푸른 달'이라고 해. 푸른 달은 2년 반마다 한 번씩 뜨지. 지난주 텔레비전 과학 프로그램에 그런 내용이 나왔어."

선생님이 손뼉을 쳤다.

"정말 자랑스럽구나, 애들아. 흥미로운 사실을 이

렇게나 많이 알아내다니. 게다가 여러 자료를 골고루 찾아봤구나!"

모두들 기뻐서 소리를 질렀지만, 메리는 가만히 있었다. 메리는 입을 삐죽 내밀었다. 아랫입술이 뚱뚱한 애벌레처럼 불룩 튀어나왔다.

선생님이 말했다.

"자, 이 기쁜 일을 어떻게 축하하면 좋을까?"

그러자 해리가 괴로운 목소리로 대답했다.

"축하할 방법은 아는데, 돈이 없어요."

해리는 바지 주머니에서 신문지 조각을 꺼냈다.

"누가 중고 망원경을 판다고 광고를 냈어요."

선생님이 물었다.

"정말이니? 얼마에?"

"25달러(미국의 화폐 단위-옮긴이)요. 작은 박물관에서 쓰던 망원경이래요."

송이가 폴짝폴짝 뛰었다.

"난 망원경을 한 번도 못 써 봤어!"

해리가 말했다.

"응, 이게 있으면 달에 있는 운석 구덩이랑 바다까
지 볼 수 있어!"

시드니가 물었다.

"바다라고? 달에는 그냥 얼음만 묻혀 있는 거 아니었어?"

메리가 얼굴을 찌푸렸다.

"어유, 시드니! 책을 안 읽어 봤으니까 모르는 거야. 달의 바다는 진짜 바다가 아니야. 그냥 다른 곳보다 색깔이 어두운 곳이라고."

시드니가 대꾸했다.

"말도 안 돼! 뭐가 이렇게 어려워."

선생님이 광고를 살펴보며 말했다.

"여러분, 우리 함께 25달러를 모아 망원경을 살 수 있을까요?"

우리는 입을 모아 "네! 네!" 하고 소리쳤다.

해리가 손가락을 튕겨 딱 소리를 내며 말했다.

"네, 망원경이 있으면 난 달로 갈 수도 있다고요!"

뚱뚱한 애벌레 같던 메리의 입술도 점점 들어갔다.

"우리가…… 저마다 쿠키를 구워 와서 팔면 돼요. 그리고 '쿠키 시장'이라고 하지 말고, '달 시장'이라고 부르는 거죠!"

선생님이 소리쳤다.

"참 좋은 생각이구나, 메리! 돈을 모아 망원경을 사면 다 같이 달 관찰을 하자꾸나. 부모님도 모두 초대해서 달을 보는 거야!"

모두들 와와 소리를 지르며 손뼉을 쳤다.

심지어 메리까지.

그때는 아무도 몰랐다. 해리가 달 관찰을 하는 날에 무슨 일을 벌일 생각이었는지.

달 시장

달 시장이 며칠 앞으로 다가왔을 때, 우리는 저마다 무슨 쿠키를 만들지 이야기를 나누었다. 그날은 덱스터와 시드니가 달 소파에 앉을 차례였다. 덱스터와 시드니는 소파에서 느긋하게 쉬었다. 시드니는 아예 낮잠을 잤다.

메리가 아이들에게 말했다.

"나는 크고 동그란 설탕 쿠키를 구울 거야. 그리고 쿠키에 노란 시럽을 발라 보름달처럼 만들 거야."

이번에는 내가 말했다.

"나는 닐 암스트롱(미국의 우주 비행사로 1969년 아폴로 11호를 타고 인류 최초로 달에 착륙했다. – 옮긴이) 쿠키를 구울 거야."

덱스터가 물었다.

"그게 뭔데?"

"땅콩버터 쿠키. 하지만 보통 땅콩버터 쿠키는 오븐에 넣기 전에 포크로 무늬를 내잖아. 나는 발로 밟아서 무늬를 낼 거야."

메리가 "어유, 지저분해." 하고 대꾸했다.

덱스터가 말했다.

"와, 멋지다. 닐 암스트롱도 달에 발자국을 남겼잖아."

"맞아, 그래서 닐 암스트롱 쿠키라고! 그런데 해리, 너는 뭘 팔 거야?"

내가 해리에게 물었다.

"돈을 하나도 안 들이고 만들 수 있는 거. 하지만 달에서 가장 중요한 거."

메리가 따졌다.

"쿠키를 굽는 데 어떻게 돈이 하나도 안 드니! 설탕도 밀가루도 버터도 다 돈이라고."

해리는 "내가 언제 쿠키를 굽는댔니?" 하고 대꾸했다.

메리가 잘난 체하며 말했다.

"관심 없어. 우리끼리 돈을 많이 모아 망원경을 살 거야. 해리 네가 파는 건 아무도 안 살걸. 아무짝에도 쓸모없는 물건일 테니까."

해리가 말했다.

"두고 보면 알겠지."

마침내 달 시장이 열리는 날이 왔다. 우리는 달에 대해서 알아낸 사실 가운데 저마다 가장 좋아하는 내용을 포스터로 만든 다음, 교실에 걸어 둔 빨랫줄에 매달았다.

시드니의 포스터는 달에 골프공이 있는 그림이었다.

나는 책상을 정리하고 '닐 암스트롱 쿠키 25센트(미국의 화폐 단위. 100센트가 1달러이다. –옮긴이)'라고 쓴 작은 팻

말을 세웠다.

내가 쿠키를 담은 플라스틱 통을 열자, 덱스터가 빤히 바라보았다.

"엄마가 말려서 쿠키를 발로 밟지는 못했어. 엄마는 엄지손가락이랑 새끼손가락으로 발 모양을 내라고 하셨어."

덱스터가 "에이, 뭐야." 하고 대꾸했다.

메리가 말했다.

"난 보름달 쿠키 하나에 50센트씩 받을 거야. 내 쿠키는 크잖아. 버터가 얼마나 비싼데. 쿠키에 노란 사탕 가루를 뿌렸는데, 어때?"

그때 교장 선생님이 "브라보!" 하고 외치며 천천히 교실을 둘러보았다. 그러더니 주위를 두리번거리며 어리둥절한 표정을 지었다.

"해리는 어디 있니?"

메리가 얼굴을 찡그리며 대답했다.

"곧 올 거예요. 자기가 팔 물건을 아래층 냉장고에 넣어 둬서 가지러 갔거든요."

"흠, 그렇구나."

교장 선생님은 우리가 파는 것들을 하나씩 다 샀다.

교장 선생님은 내가 만든 땅콩버터 발자국 쿠키를 먹고 손가락을 쓱 핥았다.

"으으음, 아아주 맛있구나. 하지만 목이 좀 마른데."
시드니가 물었다.

"골프공은 어떠세요? 여기 있어요. 모두 앨런 셰퍼
드가 사인한 거예요."

메리가 비웃었다.

"가짜 사인이잖아!"

"두 개 다오! 그런데 그 많은 골프공은 다 어디서 났니?"

"새아빠가 예전에 골프장 뒤에서 살았거든요."

그러자 교장 선생님은 또 "브라보!" 하고 소리쳤다.

송이는 교장 선생님에게 아몬드 초승달 쿠키를 25센트에 팔았다. 초승달 쿠키는 교장 선생님의 콧수염 모양과 비슷했다.

2학년 동생들이 쿠키를 사려고 우리 교실로 들어올 때, 마침내 해리가 나타났다.

"늦어서 미안! 자, 달에서 가장 중요한 걸 가져왔어."

2학년들이 해리의 책상으로 우르르 몰려들었다. 우리도 해리의 책상으로 갔다. 우리는 과연 해리가 무엇을 팔지 궁금했다. 해리는 돈을 하나도 안 들이고 만든 것을 팔겠다고 했다.

해리가 씨익 웃으며 말했다.

"바로 얼음이야. 거기다 물도 덤으로 준다고. 얼음 하나에 딱 5센트씩만 받을 거야. 진짜 싸게 파는 거지."

그러자 교장 선생님이 2학년 아이 앞으로 끼어들며 말했다.

"실례! 너무 목이 말라 참을 수 없구나. 얼음 네 개 다오."

해리는 재빨리 손가락을 꼽아 보았다. 그러고는 보온병에 든 물을 커다란 종이컵에 부으며 말했다.

"20센트입니다, 교장 선생님."

메리가 물었다.

"종이컵은 어디서 났어? 종이컵도 돈이라고."

"식당 아줌마가 남는 종이컵이 있다고 해서 가져왔어. 좋은 일에 쓴다고 하니까 가져가라고 하시던걸."

메리는 눈을 되록되록 굴리며 해리의 책상 옆에 길게 늘어선 줄을 바라보았다. 모두들 달 얼음을 먹고 싶어 했다.

메리는 눈을 돌려 자기 책상에 놓인 커다란 노란색 쿠키를 내려다보았다. 아직 스물세 개나 남아 있었다. 10분 전에 메리는 쿠키를 여섯 개씩 네 줄로 가지런히 쌓아 두었다. 쿠키는 지금까지 딱 한 개만 팔렸다.

메리가 말했다.

"50센트는 너무 비싼가 봐. 값을 내려서 팔아야겠어."

아이다가 "잘 생각했어." 하고 대꾸했다.

메리는 '50센트'라는 글자에 줄을 직 긋고 '49센트'라고 다시 썼다.

15분 뒤, 해리는 얼음과 물을 모조리 팔았다.

해리가 으스댔다.

"다 팔았다! 얼음 60개를 몽땅 팔았어."

내가 말했다.

"우아! 그럼 돈을 하나도 안 들이고 3달러를 벌었단
말이네!"

그러자 메리가 원래 쿠키값을 반으로 뚝 잘랐다. 이
제 팻말에는 '보름달 쿠키 25센트'라고 적혀 있었다.

시장이 끝나자, 우리는 저마다 번 돈을 세어서 모두 더했다.

선생님이 말했다.

"어머, 61달러 50센트나 되는구나. 이 돈이면 망원경은 물론이고 달이 나오는 책도 더 살 수 있겠는걸."

메리가 힘주어 말했다.

"가장 최근에 나온 책으로요."

해리는 "야호!" 하고 소리쳤다. 그리고 이렇게 덧붙였다.

"얘들아, 들어 봐. 내가 신문에서 언제 보름달이 뜨는지 찾아봤어. 보름달은 10월 24일, 다음 주 수요일에 뜬대. 그러니까 그때 달을 관찰해야 돼."

우리는 모두 "좋았어!" 하고 대답했다.

선생님이 말했다.

"그래, 선생님이 집집마다 알림장을 보낼게. 우리모두 날씨가 맑기를 바라자꾸나."

그때 해리가 이렇게 말했다.

"난 그날 달에 갈 거예요. 그러니까 꼭 날씨가 좋도

록 기도할래요."

우리는 모두 해리를 빤히 바라보았다.

메리가 한숨을 쉬며 말했다.

"아아, 그러셔?"

달 관찰

마침내 10월 24일이 되었다! 다 함께 달을 관찰하기로 한 날이었다.

하늘은 깜깜했다.

그리고 맑았다.

날씨는 추웠다.

하지만 무지무지 설렜다.

6시 30분쯤 되자, 사람들이 하나둘 운동장으로 모여들었다. 나는 엄마 아빠와 함께 왔다. 메리는 손잡

57

이가 긴 손전등을 가져왔다. 건전지 네 개가 들어가는 손전등 같았다. 아이다와 송이는 송이네 엄마 아빠와 함께 왔다. 덱스터는 형이랑 같이 왔다.

시드니는 날씨가 춥다고 우스꽝스러운 광대 모자를 쓰고 왔다. 시드니는 새아빠의 쌍안경을 들여다보며 아직 뜨지도 않은 달을 찾고 있었다. 사람이 많았다. 아기 동생들까지 합하면 모두 쉰 명은 되는 것 같았다. 심지어 교장 선생님까지 왔다.

작은 빨강 망원경을 들고 있는 아이도 있었다.

우리가 박물관에서 쓰던 낡고 커다란 망원경 옆에 줄을 서는 동안, 선생님은 부지런히 망원경의 초점을 맞추었다.

나는 두리번거리며 해리를 찾아보았다. 해리는 할머니랑 함께 온다고 했다.

메리가 투덜거렸다.

"달은 대체 어디 있는 거야? 아무 데도 안 보여."

교장 선생님이 말했다.

"곧 저 나무 위로 나올 거다. 차를 타고 여기를 지나

59

가다가 달이 뜨는 걸 본 적이 있단다. 꼭 커다란 호박 파이처럼 생겼더구나!"

시드니가 말했다.

"보이는 것 같아요! 저기 나무 사이에요!"

메리가 그쪽으로 손전등을 비추었다. 그러고는 한숨을 쉬며 말했다.

"저건 달이 아니야. 발야구 공이라고."

우리가 여전히 망원경을 보려고 한 줄로 죽 늘어서 있을 때, 교장 선생님이 노래를 불렀다. '달 그림자가 나를 따라오네'라는 노래라고 했다.

꽤 멋진 노래였다.

시드니가 퉁명스레 말했다.

"달은 어디 있는 거야!"

시드니는 미친 사람처럼 온 운동장을 뛰어다녔다. 그러자 시드니의 모자 끝에 달린 방울들이 미친 듯이 딸랑딸랑 울려 댔다!

덱스터도 장난감 기타를 꺼내 줄을 퉁겼다.

"엘비스 프레슬리('로큰롤의 제왕'이라고 하는 미국의 유명한

가수-옮긴이)도 달이 나오는 노래를 불렀는데, 나는 그 노래가 무지 좋아. '나의 푸른 달이 다시 황금빛으로 바뀌면'이라는 노래야."

선생님은 아직도 커다란 망원경의 초점을 맞추고 있었다. 메리는 자기가 지은 노래를 불렀다.

"내가 맨 앞에 서 있네에. 내가 맨 먼저 본다네에."

그 노래는 귀에 거슬렸다.

시드니는 하늘로 손을 번쩍 치켜들었다.

"달아! 어디 있니, 달아! 어서 나와! 나오지 않으면……!"

그때 갑자기 참나무 위로 달이 나타났다.

우리는 모두 "달이다!" 하고 소리쳤다. 정말로 커다란 호박 파이가 하늘 높이 떠 있는 것 같았다.

"달이다!"

우리는 또 소리쳤다.

바로 그때, 털털거리는 낡은 트럭이 학교 울타리 옆에 멈추어 섰다. 틀림없이 해리네 자동차였다! 해리가 할머니와 함께 온 것이다.

사람들은 모두 "달 좀 봐!" 하고 소리쳤다.

그때 내가 "해리 좀 봐!" 하고 소리쳤다.

모두들 고개를 돌렸다.

해리는 우주복을 입고 있었다. 해리가 불이 켜진 학교 현관문 아래를 지나갈 때 보니, 우주복 색깔이 주황색이었다. 마치 존 글렌(미국의 우주 비행사로 1962년 프렌

드십 7호를 타고 미국 최초로 우주 비행에 성공했다. — 옮긴이)이 입었던 우주복 같았다.

게다가 해리는 헬멧까지 쓰고 있었다.

우리는 "해리!" 하고 큰 소리로 부르며 우르르 달려갔다.

메리가 물었다.

"왜 그런 변장을 하고 있어?"

"변장이 아냐. 진짜 우주복이라고."

메리는 손전등을 꺼내 해리를 비추었다.

"그럼 왜 등에 '조 아저씨네 정비소'라고 적혀 있지?"

해리가 싱긋 웃었다.

"우주선에는 훌륭한 정비사가 꼭 타야 하니까!"

이번에는 메리가 해리의 헬멧에 손전등을 비추었다.

"그 둥근 통은 풍선껌 자판기에서 떼 낸 거잖아. 거기다 숨 쉬는 구멍을 두 개 뚫었네. 코랑 입 자리에 말이야."

"비켜, 비켜. 이제 달로 날아갈 테니까! 이륙 준비!"

우리는 해리가 운동장을 날듯이 달려가는 모습을 지켜보았다. 해리는 슈퍼맨처럼 손을 앞으로 쭉 뻗고 달렸다. 해리는 그렇게 운동장을 한 바퀴 돌고는 망원경 쪽으로 달려갔다. 지금은 아무도 줄을 서 있지 않

64

았다. 모두 해리를 보고 있었으니까. 해리는 헬멧을
벗어 바닥에 내려놓았다.

"10, 9, 8, 7, 6, 5, 4, 3, 2, 1, 발사! 우아아아
아아!"

해리가 망원경 렌즈를 들여다보며 말했다.

"우아아! 끝내준다! 내가 운석 구덩이 위를 걷고 있
어. 이야! 저 어두운 곳이 바다구나. 아마 닐 암스트

롱이 착륙했던 고요의 바다일 거야. 이제 난 검은 흙
먼지를 밟으며 걷고 있어. 우주 비행사들이 두고 간
국기가 보여. 야호! 야호! 난 지금 달에 있다!"

해리는 이제 한쪽으로 비켜서 송이에게 망원경을
보여 주었다. 송이는 망원경을 보자마자 "오오오!",
"우아아!" 하고 감탄했다.

송이가 소리쳤다.

"여기가 달이구나! 진짜 아름답다. 꼭 모래밭 같아. 나도 지금 해리처럼 달을 걷고 있어!"

내 차례가 오자, 내 입에서도 무심결에 똑같은 말이 튀어나왔다. 정말 달에 온 것 같았다.

"우아! 운석 구덩이가 손에 닿아. 바다도 보이고! 지금 난 검은 흙먼지를 밟으며 걷고 있어. 저게 닐 암스트롱의 발자국일까?"

시드니가 말했다.

"빨리 봐! 나도 골프공이 있는지 보고 싶단 말이야."

해리는 다시 헬멧을 쓰고 운동장을 붕 날았다. 그러다 멈춰 서서 달을 올려다볼 때마다 하늘 높이 펄쩍 뛰었다.

해리가 소리쳤다.

"달로 가자!"

송이와 나도 펄쩍펄쩍 뛰며 해리를 따라갔다.

메리는 고개를 설레설레 저었다.

"해리는 진짜 엉뚱해. 아무튼, 드디어 나도 망원경을 볼 수 있겠네. 가만, 혹시 해리가 내 앞에 새치기를 하려고 저렇게 우주 비행사 흉내를 낸 거 아냐? 뭐야, 내가 맨 앞이었는데. 해리가 맨 먼저 망원경을 보다니. 가나다순으로 하면 맨 마지막인 주제에!"

메리는 계속 중얼거리다가 망원경을 들여다보고서야 겨우 입을 닫았다.

다른 아이들은 모두 운동장을 뛰어다녔다.

해리가 말했다.

"저기 봐! 달에도 산이 있어!"

메리가 망원경 렌즈를 들여다보다 투덜거렸다.

"아무것도 안 보이잖아. 초점이 안 맞아."

선생님이 와서 메리를 도와주었다.

"방금 전에 맞춰 놓았는데. 오래된 망원경이라 금방 초점이 나가는구나."

그러자 교장 선생님이 껄껄 웃었다.

"뭐 어떠니. 해리가 달로 데려다 줄 텐데."

메리가 한숨을 쉬며 말했다.

"그만 좀 하세요오."

메리는 해리의 말을 믿지 않았다.

하지만 나는 믿었다. 다른 아이들도 모두 믿었다.

해리 덕분에 그날 밤 우리는 정말로 달에 간 것 같았다. 정말 그런 기분이 들었다면, 진짜로 달에 간 것이나 마찬가지다.

수지 클라인

1943년 미국 캘리포니아 주에서 태어나, 버클리 대학교를 졸업했다. 초등학교 선생님으로 일하면서 어린이책을 쓰기 시작해 '해리', '송이', '허비 존스' 같은 현실적인 등장인물을 주인공으로 한 여러 편의 시리즈 책을 냈다. 오랫동안 아이들을 가르치면서 겪은 일을 바탕으로 꾸밈없는 웃음을 담은 이야기들은 "일상적인 교실 생활에 진정으로 어울리는 이야기.", "저학년 교실의 언어, 유머, 집단 역학을 포착하는 비범한 능력."이라는 평가를 받으며, 다양한 상을 수상했다.

"내가 쓴 이야기는 대부분 교실 생활과 우리 가족, 나의 어린 시절에서 비롯되었어요. 시간을 내서 글을 쓰기만 한다면 일상은 이야기로 가득합니다."라고 한 클라인은 '말썽꾼 해리' 이야기에 대해 이렇게 덧붙인다. "해리와 더그, 송이 이야기를 영원히 쓸 수 있을 것 같아요. 이 책들은 가족, 우정, 교실에 관한 것이고, 그 세 가지는 나에게 너무나 소중하거든요."

프랭크 렘키에비치

1939년 미국 코네티컷 주에서 태어났으며, 로스앤젤레스의 아트센터 학교를 졸업했다. 작가이자 일러스트레이터로 활동하면서 여러 작가의 어린이책에 그림을 그리고, 직접 글을 썼다. 수지 클라인의 인기작 '말썽꾼 해리'와 '송이' 시리즈, 조너선 런던의 '개구리' 시리즈의 삽화가로 잘 알려져 있다. 만화 같은 흑백 스케치가 익살스러운 이야기와 잘 어울리는 '말썽꾼 해리' 시리즈는 '생동감 넘치는 글과 웃음을 불러일으키는 그림'의 결합이라는 평을 듣는다.

렘키에비치는 이렇게 말한다. "나는 늘 유머 분야에 끌렸습니다. 내가 만든 책을 어린이들이 읽고 있는 모습을 보면 짜릿합니다. 아이들이 빙그레 웃을 때도 좋지만, 깔깔 웃음을 터뜨릴 때는 정말 좋답니다."

햇살과나무꾼

어린이책을 사랑하는 사람들이 모여 만든 곳으로, 세계 곳곳의 좋은 작품들을 소개하고 어린이의 정신에 지식의 씨앗을 뿌리는 책을 집필한다. 《꼬마 토드》, 《할머니의 비행기》, 《장화가 나빠》, 《에밀은 사고뭉치》 들을 우리말로 옮겼으며, 《놀라운 생태계, 거꾸로 살아가는 동물들》, 《신기한 동물에게 배우는 생태계》 들을 썼다.